Zeitlos

Kerstin Schweiger

Kerstin Schweiger

Zeitlos

Bibliografische Information der Deutschen
Nationalbibliothek:
Die Deutsche Nationalbibliothek verzeichnet diese
Publikation in der Deutschen Nationalbibliografie;
detaillierte bibliografische Daten sind im Internet über
http://dnb.dnb.de abrufbar.

Herstellung und Verlag:

BoD – Books on Demand, Norderstedt

ISBN: 978-3-7347-3841-8

Nie wieder!

München im Jahr 2033.

Die Regierungsmehrheit im Bund stellt die Partei
»Alles für Deutschland« (AD).

Michael

Er wurde 2004 geboren, ist 29 Jahre alt. Er ist Mitglied der Partei. Ihn verbindet eine Freundschaft mit Thomas, Franz, Stefan und Christian, die sich mit seinem Parteieintritt jedoch zerschlagen hat.

Thomas

Er wurde 1965 geboren, ist 68 Jahre alt. Thomas besitzt einen alten Buchladen in München.

Franz

Er wurde 1959 geboren, ist 74 Jahre alt. Franz war früher Handwerker und ist sehr gebildet und belesen.

Stefan

Er wurde 1960 geboren, ist 73 Jahre alt. Stefan war früher Autor und Regionaljournalist.

Christian

Er wurde 1958 geboren, ist 75 Jahre alt. Christian war früher Besitzer eines kleinen Bio-Ladens.

Willhelm, »Will«

Er wurde 2007 geboren, ist 26 Jahre alt. Will leitet die größte Ortsgruppe der Partei in München. Er ist der klassische Vertreter der Partei, stramm treu, recht emotionslos, dauerwütend und erfolgssüchtig.

Max, **Georg**, **Sebastian**, **Florian** und **Martin**

Sie sind weitere Mitglieder der AD.

MÜNCHEN, 08. MAI 2033

SZENE 1

Ein leises Windspiel gibt seinen sanften Klang in den Raum, als Michael die Tür zum Buchladen öffnet. Er tritt hinein, durch die schwere, alte Holztür mit dem Glasfenster, auf dem in schönen, kunstvollen Buchstaben »Thomas' Buchladen« steht. Durch die halboffene Tür schüttelt er seinen Regenschirm nach draußen aus, um die ganze Nässe nicht mit in das liebevoll eingerichtete Geschäft zu nehmen. Denn nur weil seine Botschaft keine gute ist, heißt das nicht, dass er nicht gern hierher kommt. Schöne Stunden hatte er hier bereits verbracht, in literarischen Debatten über Bücher und Texte. Die meisten hat er mit Thomas selbst geführt. Dem Inhaber. Das ist jedoch schon lange her.

Die Zeiten haben sich geändert. Ein Charakter wie Thomas ist nicht mehr sehr beliebt im Ort und auch Läden wie dieser werden von den meisten gemieden. Zu groß ist die Angst, den falschen Kreisen zugeordnet zu werden.

THOMAS   Ah, hallo Michael! Dich hab ich ja lange nicht gesehen. Schön, dass du hier bist!

Am Ende des Ganges, der sich vor Michael ausbreitet, links und rechts gesäumt von schweren, dunklen Holzregalen, vollgestopft mit allen Arten von Büchern, steht ein schöner alter Tresen. Die Kasse des Ladens, ebenfalls aus dunklem Holz, hier und da fliegt der durchsichtige Lack ein wenig davon, aber die alten Beschläge und hölzernen Verzierungen machten das wieder gut. Und hinter diesem Tresen steht Thomas, der Besitzer des wohl schönsten Buchladens überhaupt.

MICHAEL   Hallo Thomas …

Michael wählt eine zaghafte Begrüßung, schließlich hat er keinen erfreulichen Grund herzukommen. Zögernd tritt er ein paar Schritte vor, merkt aber, dass von seinem schwarzen Regenmantel noch so viel Wasser tropft, dass der ganze Boden nass wird. Er gibt sich Mühe, die Schätze links und rechts nicht zu berühren, und bewegt sich sehr vorsichtig.

THOMAS   Na, komm schon her, Junge, lass dich ansehen. Geht's dir gut?

Thomas scheint nichts von Michaels schwermütiger Stimmung zu erkennen – zumindest lässt er es sich nicht anmerken. Als Michael nun aber vor ihm steht, schaute er ihm direkt in die Augen und da sieht wohl auch er, dass etwas nicht in Ordnung ist. Sein erfreuter Blick bricht, der Glanz in seinen blauen Augen verliert sich.

MICHAEL   Jaa, mir geht's sehr gut, danke der Nachfrage.

War Michaels unehrliche Antwort. Er tritt ein bisschen auf der Stelle, weiß nicht, wie er anfangen soll. Aber Thomas ist ein unkonventioneller Typ, immer geradeaus und nie um den heißen Brei herum.

THOMAS   Junge, was ist los? Rück schon raus, ich seh doch in deinen Augen, dass dich etwas bedrückt.

Michael zuckt zusammen. Hat er sich wirklich so auffällig gegeben? Das muss er dringend üben. Immer mehr beschleicht ihn das Gefühl, dass Zeiten bevorstehen, in denen es sich lohnen wird, ein guter Schauspieler zu sein. In denen einem das vielleicht sogar das Leben retten kann. Er holt tief Luft.

MICHAEL   Na ja … ich weiß ehrlich gesagt nicht, wie ich anfangen soll. Ich dürfte eigentlich nicht hier sein, du weißt ja … Gerade komme ich von der Parteiversammlung. Genauer gesagt unserer Ortsversammlung.

Thomas senkt betroffen den Blick. Er kann mit dieser ganzen Parteisache nichts anfangen. Dieser aufkeimende Stolz auf Dinge, für die man nachweislich nichts kann, ist ihm völlig zuwider.

MICHAEL   Ich weiß, was du davon hältst, Thomas, aber deshalb bin ich nicht hier. Ich mag dich und ich hatte oft eine wunderbare Zeit hier …

THOMAS   Na, dann komm doch öfter wieder!

Thomas ist nun schon etwas aufgebracht von der Angst, welche Mitteilung der Junge haben würde.

MICHAEL   … lass mich bitte ausreden. Du weißt, dass ich nicht herkommen kann. Nicht, wenn ich meine Karriere nicht gefährden will. Ich möchte in die Fußstapfen meines Vaters treten. Und dort schickt es sich einfach nicht, diese … alternative Literatur … zu lesen.

Thomas zieht eine Augenbraue hoch, belässt es jedoch dabei. Michael fühlt sich ertappt und spricht nun mit dem Blick zu seinen blankpolierten Lederschuhen weiter.

MICHAEL   Jedenfalls komme ich gerade von der Versammlung und möchte dir eine kleine Vorabinfo geben. Damit du etwas mehr Zeit hast, um dich … wie soll ich sagen … um dich vorzubereiten.

THOMAS   Worauf muss ich mich denn vorbereiten? Soll ich dem Herrn Parteivorsitzenden das Lesen und Denken beibringen? In der Tat, das wäre ein wirklich schwieriges Unterfangen, sich darauf ordentlich vorzubereiten, ist quasi unmöglich!

MICHAEL   Quatschkopf.

Bei diesem Wort hat Michael ein leichtes Schmunzeln auf den Lippen. Auch Thomas schmunzelt ein wenig und hat nun wieder einen sanfteren Ausdruck in den Augen – was es für Michael aber wirklich nicht leichter macht.

MICHAEL   Na …ja … also am besten sag ich es einfach so, wie es ist. Es ist eine Büchersortierung geplant. Sehr bald.

Im ganzen Laden scheint die Zeit für einen unendlich langen Augenblick stillzustehen, kein Geräusch ist zu hören.

THOMAS   Eine Büchers…?

Thomas' Blick ist fragend, das Entsetzen in seinem Gesicht jedoch nicht zu übersehen. In Gedanken versucht er sich zusammenzureimen, was das bedeuten kann.

MICHAEL   Nun ja, der Bundesparteivorsitz ist der Überzeugung, dass eine gewisse Literatur die Menschen, insbesondere die Jugend verderben würde. Er möchte, dass bundesweit sortiert wird in Bücher, die gelesen werden sollen und die, die nicht gelesen werden sollen.

THOMAS   Aaah, der Herr Parteivorsitzende ist also der Meinung, dass er am besten beurteilen kann, was die Menschen lesen sollen und was nicht. Vielleicht sollte er viel früher ansetzen, und in der Grundschule bereits entscheiden, wer überhaupt das Lesen lernen darf und wer nicht?!

Thomas ist nun sichtlich aufgebracht, sein Kopf wird rot, seine Worte lauter, er gestikuliert wild mit den Händen. Michael ertappt sich dabei, wie er die Schultern einzieht, richtet sich jedoch gleich wieder auf.

MICHAEL   Thomas, ich kann verstehen, dass du …

THOMAS   Verstehen? Du kannst verstehen, dass ich was? Ausraste? Junge, siehst du denn nicht, wohin uns das führt? Merkst du nicht, in welcher Gefahr du bist?

MICHAEL   Gefahr? Ich begebe mich in keine Gefahr!

Auch Michael wird jetzt etwas lauter, Parteikritik nimmt er mittlerweile immer persönlich.

MICHAEL   Nur weil du dich weigerst, dich uns anzuschließen, heißt das nicht, dass wir schlecht sind! Schließlich bist du nicht das Ultimatum aller Wertvorstellungen und Moral!

Thomas' Blick bricht bei diesem Satz wieder ein bisschen, er zuckt zusammen und ist sichtlich getroffen.

THOMAS   Ach, aber dein Herr Parteivorsitz ist das? Ich kann dich nicht verstehen, Michael. So gerne denke ich an die Zeit zurück, in der wir hier über so viel offen sprechen und diskutieren konnten. Kannst du dich denn an gar nichts erinnern? All die Texte und Geschichten? Nichts?

Das zwingt Michael, wieder betreten zu Boden zu schauen, es versetzt ihm einen gewaltigen Stich, daran zurückzudenken. Hinter dem Tresen gibt es ein Loch in der Wand, notdürftig verschlossen mit einem grünen sehr schweren, samtenen Vorhang. Dahinter verbirgt sich ein kleines Nebenzimmer. Das »Lesekammerl«, wie sie es liebevoll nennen. Darin ist nur eine durchgesessene Couch, mit einem alten grauen Überwurf, und drei unglaublich bequeme, steinalte Ohrensessel, jeder überzogen mit einem anderen, wirklich hässlichen Blumenmuster. Jeder hatte sich damals eines der Beistelltischchen geschnappt, ein großes Glas schweren Rotwein darauf, und sie hatten gesprochen. Manchmal hatten sie auch gelesen, jeder für sich. Dabei hielt Michael sich sehr oft an Thomas' Empfehlungen – konnte ihm aber immer öfter auch interessante Texte, Bücher und Passagen zeigen.

FRANZ   Welche Nachrichten bringt der Junge da?

Die gebrechliche Stimme aus dem Hinterzimmer reißt Michael aus seinem Tagtraum und er schreckt hoch. Dem Gespräch hat jemand gelauscht. Es stellt ihm die Nackenhaare auf – das war nicht gut, in diesen Zeiten. Eine Hand schiebt sich durch den grünen alten Vorhang und kurz darauf erscheint das zugehörige Gesicht. Die alten, aber wachen Augen blicken sich um, sehen den Jungen, und der Ausdruck der Besorgnis ist nicht zu übersehen.

FRANZ   Michael! Was bringst du uns für Nachrichten?

Franz. Der alte, gute Franz steht da und Michaels mentale Festung droht bei seinem Anblick komplett einzustürzen. Wenige Menschen hat er in seinem Leben so lieb gewonnen – von wenigen Menschen hat er sich jedoch gleichzeitig so weit entfernt. Franz war über Jahre sein Gewissen geworden, und nie hat er sein eigenes Gewissen mehr ignoriert als zur jetzigen Zeit.

MICHAEL   Franz … es … tut mir …

Michael stammelt vor sich hin, Franz jedoch kommt überhaupt nicht auf den Gedanken, ihn zu Wort kommen zu lassen – geschweige denn irgendeine Art halbherzige Entschuldigung gelten zu lassen.

FRANZ   Was redest du da? Würde es dir leidtun,
          würdest du dich diesem … diesem Haufen …
          dieser Ansammlung verlogener … sich selbst

über alles stellender ... Personen! ... nicht so bereitwillig anschließen!

Er verzieht angewidert das Gesicht und spuckt die Worte regelrecht aus seinem Mund. Angewidert und enttäuscht. Man kann deutlich hören, dass er eigentlich Schlimmeres hatte sagen wollen und nur die Anwesenheit ihm lieber Menschen ihn daran hindert.

MICHAEL Es reicht! Redet nicht so über meine Freunde! Ich habe es mit euch nur gut gemeint, um der alten Zeiten willen! Wenn ihr das nicht sehen wollt, dann lasst es bleiben!

Nun platzt auch Michael die Hutschnur. Er machte auf dem Absatz kehrt und stürmt hinaus, ohne sich noch einmal umzudrehen. Die beiden alten Männer stehen immer noch regungslos hinter dem Tresen, auch dann noch, als das Windspiel der Eingangstür schon längst verklungen ist. Erst als die Stille im Raum sie schon zu erdrücken scheint, werfen sie sich einen besorgten Blick zu. Besorgt über den Jungen, den sie doch so lieb gewonnen haben. Besorgt aber auch über die Nachricht, die er ihnen gebracht hat.

S Z E N E 2

WILL   Wie viele Trupps haben wir schon zusammen?

Willhelm, oder Will, wie er auch gerne genannt wird, herrscht seinen, ihm doch so treu ergebenen Max an. Anstatt sich gegen den Tonfall zu wehren, wird Max, so scheint es, noch ein paar Zentimeter kleiner. Hektisch blättert er durch den vor ihm liegenden Papierstapel, in seiner Ungeschicktheit fliegen ihm jedoch einzelne Seiten aus der Hand. Als das Chaos überhandzunehmen droht, schiebt Willhelm ihn forsch zur Seite.

WILL   Gib das her!

Nicht ohne den ein oder anderen abschätzigen Blick in Richtung des kleinen Max, sortiert er die Blätter und lässt den Stapel mit der kurzen Kante zweimal laut auf dem schönen Echtholztisch aufschlagen, um die einzelnen Seiten schön bündig zu bekommen. Immer ordentlich, in Reih und Glied.

WILL   Na, dann wollen wir mal sehen …

Er überfliegt die händischen Mitschriften der Versammlung, die gerade eben zu Ende gegangen ist.

WILL   Meier, Kirschner, Kammer, Bloom, Prandl,
            Huber, … und noch drei von der Jugend.
            Wunderbar, das sind nochmal drei Trupps, die
            reichen vorerst. Wir wollen ja nicht die ganze
            Stadt in Aufruhr versetzen.

Willhelm lehnt sich zufrieden in seinem Sessel zurück und blickt sich um. Der Versammlungsraum der Parteizentrale ist, bis auf ihn und Max, nun menschenleer. Nur die stickige

Luft, die langsam aus den offenen Fenstern nach draußen weicht, zeugt noch davon, wie voll der Raum gerade noch gewesen ist. Stühle und Tische sind bereits wieder ordentlich hingerückt, hier geht es schließlich diszipliniert zu. Der große Saal bietet etwa Platz für 200 Menschen, wenn der Einzelne nicht gerade auf viel Freiraum besteht. Er ist länger als breit, und man fühlt sich um einige Jahre zurückversetzt, wenn man hier verweilt. Die Einrichtung ist altbacken, schwere, dunkle Vorhänge an dunklen, hölzernen Gardinenstangen säumen die kleinen Fenster an einer kurzen und einer langen Raumseite. Die beiden anderen Wände sind etwa bis auf halbe Höhe mit einer alten Holzverkleidung versehen – ein Einrichtungsstil, den man eigentlich schon seit 50 Jahren nicht mehr praktiziert. Alle Möbel sind aus dunklem Holz, die Stühle mit einem altmodisch gestriften Polster – alte Wirtshausstühle aus einer Gastwirtschaft der näheren Umgebung, die schließen musste. Die schließen musste, weil der Pächter Willhelm nicht ins Konzept gepasst hat. Eine türkischstämmige Familie, die ein ordentlich bayerisches Wirtshaus betrieb. Das war nun wirklich zu viel des Guten – zu viel Integration, zu viel Türkei, zu viel von allem. Und vor allem, zu viel gute Stimmung. Und mit guter Stimmung lassen sich keine Mitglieder rekrutieren.

WILL   In Krisenzeiten erkennst du, wer in Fundament und Charakter gefestigt ist und wer nicht. Und alle, die ihr Leben lang schon in der Luft hängen, müssen wir nur pflücken, wie reife Äpfel von den Bäumen.

Willhelm sagt dies am Ende seiner Gedankenspirale laut, während er an seiner dunklen Krawatte zupft. Und obwohl Max diesem Gedankensprung nur mit Hilfe hellseherischer

Fähigkeiten hätte folgen können, nickt er trotzdem eifrig und gibt sich Mühe, seinem ganzen Gesicht den Ausdruck absoluter Zustimmung zu verleihen.

WILL   Das wird eine feine Sache, mit dieser Büchersortierung. Aber es gibt noch einiges zu organisieren. Wie weit bist du damit?

Obwohl Max hier ganz schön angeschnauzt wird, versucht er sofort alles, um Will zu geben, was er wissen möchte, in einem Tonfall, der eine tiefe Scham ausdrückt, darüber, dass noch nicht mehr passiert ist.

MAX   Na ja, ähm … Also …

WILL   Konnten wir dir diese elendige Stotterei jetzt immer noch nicht abgewöhnen? So wird dich nie jemand ernst nehmen!

Will wird ganz schön laut, was Max natürlich nur noch unsicherer macht. Er reißt sich jedoch so gut es geht zusammen.

MAX   Okay. Also. Chrm. Büchersortierung, geplant für den 10. Mai 2033, also quasi … ähm, übermorgen. Die Idee stammt aus Berlin, ist natürlich auf Grund der starken Opposition, die derzeit noch 35 % der Regierung stellt, nicht offiziell, soll jedoch deutschlandweit von allen Ortsgruppen unserer Regierungspartei ›Alles für Deutschland‹ ausgeführt werden. Geplant ist, zuerst in zweier Trupps die bekannten Buchläden, vorrangig die, welche sich auf sogenannte alternative Literatur spezialisiert haben oder diese zumindest nicht ablehnen, aufzusuchen. Je zwei Mann starten unmaskiert und sprechen mit dem Ladenbesitzer. Weigert sich dieser, sein Sortiment zu ändern und UMGEHEND diese alternative Literatur herauszurücken, verschwinden die beiden wieder und es starten weitere, diesmal maskierte Trupps in den Laden und nehmen sich die Einrichtung vor. Es muss nicht an Gewalt gespart werden. Die alternative Literatur wird eingepackt und zentral am Königsplatz gesammelt. Hier wird ein großer Haufen gemacht und dann …

WILL   … ein kleines Lagerfeuerchen gemacht. Sehr gut!

Willhelm lacht hysterisch, so hysterisch, dass ihn sogar Max, der ihn eigentlich bedingungslos verehrt, besorgt betrachtet.

S Z E N E 3

MICHAEL   Hey Leute, wartet auf mich!

Michael läuft durch den Regen, drei anderen Personen hinterher, welche sich gerade auf den Weg von der Parteiversammlung nach Hause machen. Einer dreht sich um und hält die anderen mit einer kleinen Handbewegung auf, als er Michael erkennt.

SEBASTIAN Hey Michael, wo warst du denn? Du bist nach Sitzungsende so schnell verschwunden, wir hatten auf dich gewartet. Wir wollen noch kurz bei mir zusammensitzen und den Einsatz übermorgen besprechen, kommst du mit? Schließlich soll alles reibungslos klappen.

Michael zögert, während ihn die anderen drei erwartungsvoll mustern. Er hat doch tatsächlich in der Eile vergessen, sich eine ordentliche Ausrede zu überlegen.

MICHAEL   Ich … ich ähm … Ich fand's so stickig in dem Raum, deshalb bin ich so schnell an die frische Luft. Und da ging zufällig ein alter Bekannter aus meiner Schulzeit vorbei. Da ich eh ein wenig Frischluft haben wollte, bin ich ein Stück mit ihm gegangen. Und jetzt muss ich leider gleich nach Hause … Hab Mama versprochen, ihr beim Aufbauen eines Regals zu helfen.

Wow, ganz schön mies gelogen. Jetzt bleibt nur zu hoffen, dass alle denken, er wolle eine Frauengeschichte verbergen, und keine weiteren Fragen stellen. Und tatsächlich, fürs Erste lassen sie es gut sein.

SEBASTIAN Alles klar, kein Ding. Dann sehen wir uns übermorgen? Mit wem bist du denn unterwegs? Du gehörst zu einem maskierten Trupp, oder?

MICHAEL Oh nein, ich bin einer der Vorsprecher, Georg und ich ziehen zusammen los. Und ihr?

Sebastian blickt ein wenig stolz zu seinen Nebenmännern und zeigt auf Martin, als er schmunzelnd erklärt.

SEBASTIAN Wir sind alle drei bei den Maskierten. Martin und ich ziehen als Nachhut los. Florian hat leider das schwere Los gezogen, mit Max loszuziehen. Anweisung von Willhelm – weil Max ihm sonst den ganzen Einsatz lang nicht von der Seite weicht.

Am Blick von allen dreien ist deutlich zu erkennen, wie sie das Verhältnis von Max und Willhelm einschätzen.

FLORIAN Das wird ein Spaß, der Max rennt ja schon in die andere Richtung, wenn man ihm nur erzählt, dass irgendwo Blaulicht unterwegs ist.

Die drei lachen, ziemlich arrogant, nur Michael mag sich nicht richtig durchringen. Auch er schätzt die Lage zwischen Max und Willhelm ganz anders ein, als sie sich derzeit offensichtlich zeigt. Aber für ihn ist das kein Grund zu lachen, ganz im Gegenteil ...

MICHAEL Blaulicht? Denkst du, es wird so arg? Keine Kooperation oder Beendigung als einfache Einschüchterungsmaßnahme?

Michael fragt etwas vorsichtig, er möchte es sich mit den dreien nicht verscherzen – auch wenn sie über die Partei Freunde geworden sind, hat das Trio einen berüchtigten Ruf. Sebastian lacht laut auf.

SEBASTIAN Einschüchterungsmaßnahme? Ganz schön naiv. Das Ziel WAR immer, die Läden zu räumen – DAS ist die Einschüchterungsmaßnahme. Das Schlimmste, was uns passieren kann, sind kooperative Ladenbesitzer. Deshalb werden wir die auch gezielt auswählen.

Michael ahnt Böses und irgendwie wird ihm jetzt auch etwas schwindelig. Sieht er gar Sterne und wird's am Blickfeldrand schon dunkel? Er stützt sich an einem Zaun etwas ab. Sebastian macht Anstalten, ihm zu helfen.

SEBASTIAN Oha, alles klar bei dir? Du gefällst mir heute wirklich gar nicht, mach am besten, dass du nach Hause kommst und leg dich hin. Das Regal könnt ihr morgen auch noch aufbauen.

MICHAEL Welches Re…?

Michael verstummt, die anderen drei tauschen skeptische Blicke aus. Dann trennt sich die Gruppe und Michael schlägt wankend den Nachhauseweg ein, es nieselt immer noch und er zieht sich den Mantelkragen hoch.

MÜNCHEN, 10. MAI 2033

SZENE 4

Der grüne schwere Vorhang schiebt sich lautlos zur Seite und die drei Sitzenden schauen einmal kurz hoch. Zwei davon über ihre Lesebrillen hinweg – das Alter zieht an niemandem spurlos vorbei.

In das kleine Zimmer herein kommt Thomas, er hat gerade noch den letzten Kunden bedient (das Buch von Michael Köhlmeier ›Erwarten Sie nicht, dass ich mich dumm stelle‹) und den Laden daraufhin abgesperrt. Auf der Couch mit dem grauen Überwurf sitzt Christian. Franz und Stefan haben es sich in zwei der Ohrensessel bequem gemacht und auf so einen steuert nun auch Thomas zu. Die anderen drei haben bereits ein Buch in der Hand.

FRANZ   Hast du nicht was vergessen?

Christian und Stefan nicken wissend, Thomas hält inne, in dem Moment, als er sich gerade setzen will, und zieht die Augenbraue hoch. Er ist verwirrt.

THOMAS   Was denn?

FRANZ   Trockene Geschichte hier.

THOMAS   Oh!

Er springt wieder auf und eilt nach vorne in einen anderen Nebenraum des Ladens – in dem ist eine kleine Teeküche untergebracht. Und ein Weinregal. Man hört Gläser klirren, und das typische »Plopp«, als er den Korken aus der Flasche zieht. Das Tablett ist klein, und so klirren die Gläser weiter, als er sie in das Lesekammerl balanciert.

THOMAS   Tut mir echt leid, der Junge hat mich ganz
            durcheinandergebracht mit seinen Neuigkeiten.

Er schenkt ein und verteilt die Gläser. Wortlos stoßen sie an
und jeder nimmt einen langsamen ersten Schluck aus seinem
Glas. Allen hängt der Nachmittag noch nach. Auch Christian
und Stefan hatten die Szene aus dem Lesekammerl heraus mit
angehört.

FRANZ   Mir schwant nichts Gutes. Eine solche
            Regierung. Eine ›Büchersortierung‹. An so
            einem Datum. Das wird grob und brutal.

CHRISTIAN Denkst du? Vielleicht wird's ja gar nicht so wild,
            ein kleines Einschüchterungsmanöver, ein
            bisschen laut … und in einer Woche wieder
            vergessen …

Franz lacht sarkastisch auf, er wirft einen abschätzigen, fast
tadelnden Blick in die Runde.

FRANZ   Ha! Ganz schön naiv, mein alter Freund. Hast
            du vergessen, weswegen du früher auf die
            Straße gegangen bist? Alles draußen aus deinem
            greisen Gehirn?

Christian weiß, wie er das zu nehmen hat, und lächelt. Das
Schmunzeln weicht jedoch schnell einem besorgten
Gesichtsausdruck, der ihn auch für die nächsten Sätze nicht
verlässt.

CHRISTIAN Es war der letzte Versuch, sich das
            schönzureden. Ich denke, es wird furchtbar.

Diese jungen ideologiegetriebenen Leute. Alle Mitte, Ende zwanzig, die strotzen vor Kraft und Energie. Während wir Ihnen höchstens unsere Gebisse hinterherwerfen können.

FRANZ Hast du etwa schon ein Gebiss???

Alle lächeln wieder ein wenig, sie kennen Franz' Humor mittlerweile recht gut – und sie wissen auch, wenn Franz ernstlich besorgt ist, gibt es allen Grund dazu.

THOMAS Stefan, deine Meinung haben wir noch gar nicht gehört. Was meinst du, welche Chance bleibt uns?

Stefan hält inne, er hat bisher in sein Buch gestarrt, jedoch nicht wirklich eine Zeile gelesen. Als er es zuschlägt, kann man den Titel sehen. »Ist das ein Mensch?« von Primo Levi. Ein äußerst abgegriffenes Exemplar. Langsam nimmt er sich die Lesebrille von der Nase, fast so, als müsse er noch etwas Zeit gewinnen, um die Antwort zu formulieren.

STEFAN Ich weiß genauso wenig wie ihr. Aber ich mache mir genau solche Sorgen wie ihr. Ich habe keine Ahnung, ob hier bewaffnete Jugendliche ankommen und den Laden anzünden … Oder ob man dir einfach aus Spaß die Scheibe einwirft. Was ich weiß, ist, dass mein Onkel vor ungefähr 90 Jahren in Russland an der Front starb und dass die Geschehnisse in den zwanzig Jahren davor denen hier auf ganz beängstigende Weise ähnelten.

Rums. Das hat gesessen. Stefan hat ausgesprochen, was alle anderen sich gedacht hatten, doch niemand wollte es wahr machen. Ist alles nicht immer viel weiter weg und ungefährlicher, wenn man es nur nicht ausspricht?

CHRISTIAN Na bravo. Herzlichen Dank auch. Meine letzten Tage wollte ich eigentlich noch genießen!

Er untermalt seinen Satz mit sarkastischem Unterton, natürlich ist er seinem Freund nicht böse. Im Gegenteil, hier hat er wenigstens das Gefühl von Sicherheit, auch wenn es ihn trügen sollte. Auch Christian schlägt sein Buch zu – »Recht nicht Rache« von Simon Wiesenthal – und fährt sich mit beiden Händen angespannt über das Gesicht. Keine leichte Zeit.

THOMAS Aber was können wir tun? Hier tatenlos rumsitzen bringt uns doch auch nicht weiter!

Auch sein Buch kann man nun erkennen, als er es vorsichtig zur Seite legt. »Als Gott und die Welt schliefen« von Otto Schwerdt und Mascha Schwerdt-Schneller.

STEFAN WIR können nichts mehr tun. Es ist zu spät, tun hätte man etwas können, als die AD noch bei 10 % lag, das ist über zehn Jahre her. Die Regierungsaufstiege folgen seit Jahrzehnten und Jahrhunderten denselben Mustern. Angst, Angst, Angst. Mit Angst kriegst du sie alle. Und dafür hatten die weiß Gott genug Gelegenheiten. Im Gegenteil, man muss sich manchmal fragen, warum die überhaupt so lange für ihre Mehrheit gebraucht haben. Eigentlich ziemlich unfähig.

THOMAS   Was …?

STEFAN   Na, ich mein, schau mal zurück. Geflüchtetenströme in 2015 – mit einer ordentlichen Angstkampagne darfst du da als rechte Partei eigentlich mit dem Ausdrucken der Parteimitgliedsanträge gar nicht mehr hinterherkommen.

Er macht eine kleine Pause und blickt erwartungsvoll in die Runde. Das Publikum zeigt jedoch noch nicht die gewünschte Reaktion für den Vortrag des ehemaligen Lokaljournalisten, deshalb fährt er einfach fort.

STEFAN   Weiter geht's nach 2015 mit der steigenden Präsenz der Toten im Mittelmeer – jährlich mehrere Tausend auf den Fluchtrouten. Die gab's zwar vorher auch schon, aber interessiert hat's halt keinen. Jetzt gab's immer mal wieder Bilder von Toten am Strand, aus Moria, Bilder von überfüllten Schlauchbooten, von Geflüchteten, die Grenzzäune einreißen, und so weiter und so weiter. Von Syrien hat da schon niemand mehr gesprochen, obwohl auch der Krieg dauerpräsent war. Anschließend hat Donald Trump versucht, die Amerikaner zu radikalisieren, auch mit den Bildern konnte man in Deutschland wunderbar auf Stimmenfang gehen. Wenn DER schauen darf, dass Amerika an erster Stelle kommt, wieso dürfen WIR dann nicht schauen, dass Deutschland an erster Stelle kommt? Damit nicht genug, wir hatten eine Coronapandemie, in der sich alle Unentschlossenen endgültig radikalisiert haben, wirre Demonstrationszüge durch die Straßen, sogenannte ›Spaziergänge‹ von sogenannten ›besorgten Bürgern‹, die mit einem mehr oder weniger erfolgreichen Sturm auf den deutschen Bundestag ihren Höhepunkt hatten, bei dem der Sicherheitsapparat katastrophal versagt hat.

FRANZ   Wenn du das so nacherzählst, wundere ich mich eigentlich, dass die Rechten nicht schon bei 120 % der Stimmen sind.

THOMAS   Das kommt mit der nächsten Grundgesetzreform, keine Sorge. Rechnen können die ja genauso wenig wie lesen.

Ein sarkastisches Lachen hebt ganz kurz die Stimmung, bevor Stefan wieder ernst mit seiner Erzählung weitermacht. Er ist vollends in seinem Element, fühlt sich wie früher, in den Redaktionssitzungen, wenn er eine gute Geschichte hatte und unbedingt damit in den Druck gehen wollte.

STEFAN   Als wir also dann glaubten, das mit diesem Corona wäre durch, ist Putin in Russland einmarschiert. Krieg im Osten! Und damit nicht genug. Die deutsche Regierung hat in ihrer Rolle in Sachen Kommunikation so ziemlich alles falsch gemacht, was man falsch machen konnte. Sie hingen dem digitalen Zeitalter viel zu sehr hinterher. Ständig wurden völlig unbedachte Aussagen durch die sozialen Medien nach draußen gejagt – wir werden im Winter 22/23 alle erfrieren, Russland stellt das Gas ein, wir haben keine leistungsfähige Bundeswehr, wir wollen nicht so richtig Waffen in die Ukraine liefern, um es uns mit Putin nicht zu verscherzen, die Industrie geht den Bach runter, eben auch wegen Gas- und Energiemangel. Wir müssen weniger duschen, um zu sparen, wir müssen überhaupt alles weniger tun und haben, um zu sparen. Und man stelle sich vor, immer noch PARALLEL hatten wir weitere Ströme von Geflüchteten, diesmal auch aus der Ukraine, aber die waren lieber gesehen als die aus dem Süden. Aus dem Süden kamen jedoch auch immer noch Menschen. ZUSÄTZLICH sind auf Grund der anhaltenden Dürren Felder abgebrannt – mitten in Deutschland und das regelmäßig. Nachdem man wenige Jahre vorher erst mit riesigen Flutgebieten in NRW gekämpft hatte, welche einige Todesopfer forderten. Man stelle sich vor, dass die Rechten das immer noch nicht für eine Mehrheit nutzen konnten. Im Nachhinein wirklich dämlich, DENN zu allem Überfluss gab's noch ausreichend Inflation. UND eine aberwitzige Sprachdebatte ums Gendern. Das war für die meisten unter diesen Sachen übrigens das Wichtigste.

Es ist jetzt still in dem kleinen Zimmer. Thomas starrt in sein Weinglas, während Franz aus seinem einen großen

Schluck nimmt. Auch Stefan greift nach seinem Glas, zögert jedoch.

STEFAN Wisst ihr, ich habe lange, lange für Zeitungen geschrieben. Ich hab viel beobachtet, Verhältnisse, Zustände und deren Entwicklung auch über einen längeren Zeitraum. Aber auch ich war diesmal zu langsam und zu leise. Ich weiß nicht … vielleicht KANN die Menschheit einfach nicht aus den eigenen Fehlern lernen.

Gedankenverloren greift er mit der freien Hand zu seinem Buch und starrt aus traurigen Augen auf das Cover.

SZENE 5

Michael geht schwerfällig durch die Münchner Straßen. Weil es wesentlich wärmer ist als die letzten Tage und der Regen endlich aufgehört hat, kann er auf seinen Mantel verzichten. Leider. Gerne hätte er sich irgendwie darin versteckt. Er bewegt sich langsam in Richtung Königsplatz, wo sich die Trupps für die heutige Büchersortierung treffen wollen.

Und völlig unerwartet hat er eine Heidenangst. Seit seinem Gespräch mit Thomas hat sich ein Zweifel über diese ganze Sache in seinem Kopf breitgemacht, den er kaum erträgt. »Merkst du nicht, in welcher Gefahr du bist?«, hatte Thomas gesagt. Noch nie vorher hat Michael auch nur einen einzigen Gedanken daran verschwendet, dass das hier falsch sein könnte. Der Zusammenhalt, die Freunde, die Freizeitaktivitäten, gerade für ihn als schüchternen Einzelgänger eine ganz neue, sehr schöne Erfahrung. Und das soll jetzt alles gefährlich sein? Quatsch. Aber Thomas, Franz ... er hat so ein Vertrauen in die beiden und ihre ängstlichen Blicke möchten einfach nicht aus seinem Kopf verschwinden.

SEBASTIAN Na, da bist du ja endlich! Wir dachten schon, du kneifst!

MICHAEL 'tschuldigung, bin verspätet losgegangen ...

SEBASTIAN Na, Hauptsache, du bist heute klarer im Kopf als vorgestern.

Michael reagiert nicht auf die Stichelei und wird von den anderen dreien kritisch beäugt. Es ist die gleiche Gruppe, die er vorgestern auf dem Nachhauseweg getroffen hat. Max und Will stehen bereits etwas abseits, bei den restlichen »Trupps«, die heute in Aktion treten sollen. Dabei ist die »unmaskierte Vorhut« in schicke Anzüge gekleidet. Während die anderen schwarz tragen, die Masken gut versteckt in den Taschen, um nicht gleich Aufsehen zu erregen.

Will klatscht in die Hände, als er Michael sieht.

WILL   Na endlich! Dann sind wir ja jetzt alle. Wir
                sollten keine Zeit verlieren und loslegen. Muss
                ich euch das Vorgehen nochmal erklären?

Max, wie immer treu ergeben, trottet dicht hinter Will her. Er hat eine große Tasche umgehängt, die er jetzt vorsichtig öffnet. Daraus gibt er kleine Päckchen an die »Maskierten«, welche sie sich noch viel vorsichtiger in ihre Taschen stecken. Will beobachtet das zufrieden, wendet sich dann an die beiden Unmaskierten, Michael und Georg.

WILL   Also, ihr seid wie besprochen die diplomatische
                Vorhut. Ihr versucht, mit den Leuten zu
                sprechen. Aber, bitte, nicht zu intensiv. Das
                Schlechteste, was uns passieren kann, sind
                kooperative Leute.

Michael spürt schon wieder Schwindel in sich aufsteigen, er wankt kurz, fängt sich jedoch unter den skeptischen Blicken der anderen schnell wieder. Will zieht verwundert eine Augenbraue hoch. Auch Sebastian beäugt ihn kritisch.

WILL   Alles klar?

SEBASTIAN Immer noch?

MICHAEL   Alles gut. Mir geht's … alles super. Ich bin
            startklar.

Michael richtet sich auf – wohl mehr, um sich selbst zu
überzeugen.

WILL   Na gut, dann fangen wir an. Max hat … Ich hab
            mir die Läden ausgesucht, die wir uns
            vornehmen. Wir fangen an bei dem kleinen
            Laden, rechts in der Gasse zwischen
            Marienplatz und Odeonsplatz. Die Frau sollte
            wenig Gegenwehr liefern. Außerdem ist der
            Laden zweistöckig, das scheppert besser.

Michael stützt sich wieder – nun etwas unauffälliger, ihm
wird speiübel. Vom Rest scheint jedoch niemand auch nur im
Geringsten an der Aktion zu zweifeln. Im Gegenteil, alle
wirken entspannt bis freudig aufgeregt, keiner stellt Fragen.

WILL   Anschließend geht's in den Laden etwas weiter
            südlich. ›Thomas' Buchladen. Den Typen
            konnte ich noch nie leiden und in seinem Alter
            wird der uns auch nichts entgegensetzen
            können, ohne einen Herzinfarkt zu riskieren.

Michael reißt entsetzt die Augen auf, war er wirklich so
dumm, dass er damit nicht gerechnet hatte? Ein prüfender
Blick auf die anderen zeigt ihm aber recht schnell, dass er aus
dieser Sache nicht einfach so rauskommt. Die billige Ausrede
vom letzten Mal haben die bestimmt noch nicht vergessen.
Und mit diesem Trupp möchte man sich nicht anlegen. Wer
weiß, was die sich da in die Taschen gesteckt haben.

WILL   Na dann, wenn alles so weit klar ist – los geht's!
        Macht mich stolz, Jungs!

Starr vor Entsetzen und ein bisschen wie betrunken lässt
Michael sich von Georg als »Vorhut« mit zu ihrem ersten
Opfer schleifen. Es sind ungefähr 15 Gehminuten und
während des Weges wird er zumindest wieder ein wenig
klarer im Kopf. Es scheint, als hätte ihn der Blitz der
Erkenntnis getroffen, er hat überhaupt keine Ahnung mehr,
was er hier, bei dieser Aktion, ja überhaupt bei diesen
Menschen, in dieser Partei verloren hat. Aber er kennt die
Leute auch zu gut, um nicht Hals über Kopf die Flucht
anzutreten. In dieser Gesellschaft ist das keine gute Idee,
gerade wenn sie so aufgestachelt sind wie heute. Und so
maskiert.

Die »Vorhut« erreicht also den wunderschönen Laden,
zwischen Marienplatz und Odeonsplatz gelegen. Das Geschäft
ist bis zum Treppenaufgang dicht bestellt, außer den
vollgestopften Wandregalen gibt es noch viele kleine Tische,
auf denen ebenfalls große Stapel Bücher zu finden sind. Es ist
kurz vor Ladenschluss und so blickt die Besitzerin, eine nette,
sehr zierliche und schon etwas gebückte Dame in den
Sechzigern, etwas erstaunt auf, als die beiden jungen Männer
im Anzug forsch eintreten und, ohne sich umzusehen, direkt
auf ihren Tresen zumarschieren.

GEORG   Hallo Frau äääh ... egal. Hallo. Wir sind von
        der ... Wir sind hier, um mit Ihnen über die
        Auswahl an Büchern zu sprechen, die Sie in
        diesem wunder-, wirklich wunderschönen
        Laden haben.

Die Frau weiß nicht recht, wie ihr geschieht. Der Begrüßungssatz war ja per se nicht böse, aber ganz deutlich kann man spüren, dass dieser junge Mann nichts Gutes im Sinn hat. Michael steht derweil nur daneben, in seinem Kopf überschlagen sich die Gedanken, er überlegt und überlegt, wie er heute Nacht noch das Schlimmste verhindern kann. Die Buchhändlerin beschließt, es auf die gute Art zu versuchen – gegen diese Kerle hätte sie sowieso keine Chance.

BUCHHÄNDLERIN   Grüß Gott die Herren! Sehr, sehr gerne spreche ich mit Ihnen über mein Sortiment ... Was darf es denn sein? Thomas Mann, Erich Kästner, die Biografie von Sophie Scho...

GEORG   NEIN!

Er schreit so laut, die anderen beiden zucken unwillkürlich zusammen. Michael erntet deshalb einen ziemlich vorwurfsvollen Blick von Georg, der ihm auch deutlich zeigt, dass er ihn gefälligst endlich unterstützen soll, anstatt hier nur mit großen Augen herumzustehen.

Georg spricht wieder etwas ruhiger weiter, der Tonfall erinnert fast schon an einen Vater, der seinem dummen Kind erklärt, dass ein scharfes Messer etwas sehr Gefährliches ist.

GEORG   Nein, nein. Wissen Sie, eigentlich ist genau das das Problem, über das wir uns mit Ihnen unterhalten wollen.

BUCHHÄNDLERIN   Problem? Es gibt ein ... ein Problem?

Georg kommt ihr über den Tresen etwas näher, sein Blick schüchtert sie ein und sie beginnt, sich am Wandregal festzuhalten. Je näher sie Georg und seinen Ausdruck beobachtet, desto ängstlicher wird sie.

GEORG Ja. Tatsächlich gibt es nicht nur ein Problem, sondern mehrere.

Die Buchhändlerin schluckt, hilfesuchend wendet sie ihren Blick an Michael, der scheint ihr nicht so beängstigend wie der andere, kann jedoch gerade auch nichts ausrichten. Er schämt sich dafür und weicht dem Blick aus, den er dafür – nur kurz – auf Georg richtet.

BUCHHÄNDLERIN Es gibt ... mehrere Probleme?

Georg lächelt sie mit einer Mischung aus Verschmitztheit und gespielter Fürsorge an. Auch wenn er immer noch etwas verwirrt über Michaels Tatenlosigkeit ist, gewinnt er doch mit jedem Wort an Selbstbewusstsein.

GEORG Jaaa ... Wissen Sie ... mehrere kleine Probleme. Mehrere kleine Probleme mit vielen Seiten. Genauer gesagt, diese ... alternative Literatur, die Sie hier führen. Die ist ein Problem. Das wir aber lösen könnten.

Langsam dämmert es der Buchhändlerin, worauf das Ganze hier hinausläuft. Denkt sie zumindest. In Wirklichkeit hat sie keine Ahnung, was ihr noch bevorsteht.

BUCHHÄNDLERIN Ah. Ich sehe ehrlich gesagt kein Problem in meinen Büchern. Worauf

wollen Sie hinaus, wie wollen Sie das
sogenannte ›Problem‹ denn ›lösen‹?

Das war der letzte Rest Selbstbewusstsein, den sie noch aufbringen konnte. Diese beiden Sätze mit einigermaßen fester Stimme sprechen. Ab jetzt war sie den beiden ausgeliefert.

GEORG   Na ja. Sie müssten Ihr Sortiment halt ändern.
          Sofort. Ein paar Kartons zum Entsorgen der
          Ware hätten wir schon dabei.

Die Buchhändlerin schaut ihn entsetzt an. In seinem Blick erkennt sie die Ernsthaftigkeit seiner Aussage, welche ihr noch viel, viel mehr Angst macht.

BUCHHÄNDLERIN   Ent… entsorgen?

GEORG   Ja oder nein?

Stille.

GEORG   J-a o-d-e-r n-e-i-n?

BUCHHÄNDLERIN   Nein!

Ihre Stimme ist vor Panik schrill geworden.

GEORG   Na gut. Sie wollten das so.

Er wirft ihr einen letzten, verachtenden Blick zu, packt Michael am Arm, macht auf dem Absatz kehrt und schleift seinen Begleiter nach draußen.

GEORG   Michael!! Bist du eigentlich noch anwesend? Da
         hätte ich auch gleich alleine reinmarschieren
         können!

MICHAEL Tut ... tut mir ...

Er kommt gar nicht mehr dazu, den Satz zu vollenden.
Georg zieht ihn in die nächste Seitengasse, als er sieht, dass
vier maskierte, schwarz gekleidete Personen auf den Laden
zulaufen, aus dem sie eben gekommen sind. Tatsächlich haben
sie ein paar Kartons dabei, im Gegensatz zu ihrer Aufmachung
wirkt das fast grotesk friedlich.

GEORG   Ah, sie sind gleich zu viert. Da lassen wir also
         mal nichts anbrennen ... Oder vielleicht eher
         doch?

Den Satz spricht er lächelnd mehr zu sich selbst als zu
Michael. Der starrt mit ihm gebannt in Richtung des Ladens.
In dem erstaunlicherweise nichts passiert. Das Licht brennt
drinnen noch immer und scheint durch das vollgestellte
Schaufenster auf die Straße. Jedoch – es herrscht Stille. Hat die
Frau doch noch nachgegeben? Plötzlich ein lautes Klirren.
Etwas fliegt von innen durch das Fenster, welches in tausend
Stücke zersplittert und sich so auf der Straße verteilt. Dieser
Szene folgt ein lauter Schrei, nochmal ein Klirren und auch das
zweite Fenster ist kaputt. Das Geschrei wird lauter, unter die
hysterische Frauenstimme mischen sich nun auch die tieferen
Stimmen der maskierten Männer, jedoch ist nicht zu
verstehen, was gesprochen und geschrien wird.

GEORG   Das geht ja leichter als gedacht. Bisher keine
         neugierigen Passanten, die man verjagen

müsste. Die Einschüchterungskampagnen der letzten Wochen scheinen einiges bewirkt zu haben.

Michael schaut ihn entsetzt an. Er wusste nichts von Kampagnen. Georg scheint ihm das im Gesicht ablesen zu können.

GEORG   Du naiver Bursche. Glaubst du nicht, wir hätten dich nicht schon längst durchschaut? Du hast nur die Hälfte erfahren. Leuten, die nicht zu hundert Prozent auf unserer Seite stehen, wird nicht alles verraten.

In Michaels Kopf dreht sich nun alles. Es ist, als würde ein Orchester immer lauter, immer schneller, immer lauter, immer schneller spielen. Er war die ganze Zeit wahnsinnig dumm gewesen.

Ein weiterer Schrei dringt zu ihnen in die Gasse herüber. Es scheppert und kracht, wahrscheinlich werden Tische und Regale umgeworfen. Und dann etwas Seltsames. Das Licht, das auf die Straße scheint, wird noch etwas heller. Es verändert sich, es scheint … es scheint sogar zu flackern.

MICHAEL   Feuer? Ist das etwa Feuer?

GEORG   Feiger Nichtsnutz!

Mit diesem Satz schlägt er ihm mit der Faust so fest ins Gesicht, dass Michael bewusstlos auf den Boden knallt.

S Z E N E 6

THOMAS   Franz, was liest du da eigentlich?

Franz liest in seiner tiefen inneren Ruhe erst noch den
Absatz zu Ende, bevor er die Lesebrille abnimmt, Thomas
anblickt und ihm antwortet, während er das Buch in die Höhe
hält, die Seite, auf der er war, mit dem Daumen eingemerkt.

FRANZ   Nürnberger   Tagebuch.   Das   sind   die
          Aufzeichnungen   des   Gerichtspsychologen
          Gustave M. Gilbert, er hat damals den Prozess
          gegen die sogenannten Nazi-Größen begleitet,
          bis hin zur Vollstreckung der Urteile.

THOMAS   Ah, ein bisschen leichte Kost für den heutigen
          Abend, gut.

FRANZ   Ich denke nicht, dass wir irgendwas verändern,
          wenn wir jetzt nur noch das ›Lustige
          Taschenbuch‹ lesen.

THOMAS   Ich denke aber auch nicht, dass wir irgendwas
          verändern, wenn wir unsere Stimmung mit
          schwerer Lektüre nur noch schlechter machen!

FRANZ   Ich will eben aus der Vergangenheit lernen,
          Geschichte wiederholt sich!

THOMAS   Es ist zu spät, um zu lernen!

Er knallt sein Buch auf das Beistelltischchen. Beinahe wäre
der Wein umgekippt.

THOMAS   Wir waren zu langsam! Alle! Viel zu langsam!
          Wir stecken mitten in der Wiederholung!

Bevor das Gespräch eskaliert, schreitet Christian beruhigend ein.

CHRISTIAN Freunde. Bitte. Lasst uns zusammenhalten. Wir
          wissen alle nicht, was uns heute erwartet. Wir
          wissen auch nicht, was uns in nächster Zeit
          erwarten wird. Aber wir wissen, dass wir
          momentan nur noch uns haben.

THOMAS   Stimmt. Tut mir leid, Franz. Ich bin etwas ...
          angespannt.

Er hebt sein Glas und streckt es ihm entgegen. Franz stößt an und auch die anderen beiden erheben ihre Gläser.

FRANZ   Ebenso. Prost.

Eine Zeit lang ist jeder in seine Gedanken versunken. Noch bekommen sie nichts mit von der Aktion, die gerade ein paar Straßen weiter läuft.

FRANZ   Sag mal. Ich will dich ja jetzt nicht provozieren.
          Aber hast du da nicht auch schwere Lektüre?

Thomas lacht auf. Auch der Rest ist irgendwie ... grundlos erleichtert.

THOMAS   Ja, stimmt. ›Als Gott und die Welt schliefen‹. Ein
          KZ-Bericht von Otto Schwerdt.

S Z E N E   7

Michael schlägt die Augen auf. Er muss sich zuerst wieder orientieren. Was war passiert? Wo ist er? Und warum liegt er auf Pflaster ... Es ist laut und ... es riecht verbrannt. Es dauert eine Weile, bis sein Kopf wieder klar wird, dann jedoch springt er auf und sieht sich um. Die Buchhandlung! Georg! ... Thomas!

Aus der Buchhandlung der älteren Dame hört man immer noch ihr Schreien und die Männerstimmen – zu dem flackernden Licht kommt jedoch nun schon etwas Rauch. Auch liegen einige Bücher wild auf der Straße verteilt. Michael erkennt mehrere menschliche Umrisse vor dem Laden – Passanten, die jedoch einfach weitergehen. Mein Gott, was geht hier eigentlich vor? Wie dumm war er die letzten Tage und Wochen gewesen. Einen dieser Umrisse scheint er zuordnen zu können ... Das war ... Ja, Georg! Gott sei Dank, Michael war wohl nicht lange ohnmächtig – und niemand von der Gruppe hatte sich also bisher auf den Weg zu Thomas gemacht. Aber wie kann er das weiterhin verhindern?

Michael sprintet zum Buchladen und sieht, wie sich die Buchhändlerin durch das Feuer, welches im Inneren bereits um sich greift, zur Türe kämpft. Er geht ihr entgegen, möchte ihr nach draußen helfen. Als sie ihn sieht, wird ihr Ausdruck jedoch wütend, sie weint und schreit ihn an, beschimpft ihn. Natürlich. Auch sein Gesicht steht nun in Verbindung mit dieser grässlichen Tat. Trotz ihrer Gegenwehr hilft er ihr ein paar Meter weg vom Laden in eine Seitengasse. Sie muss sich verstecken. Er versucht, sich zu erklären, sich zu entschuldigen, stammelt ein paar Worte, während er merkt, dass auch ihm die Tränen bereits über die Wangen laufen.

BUCHHÄNDLERIN   Alles … alles, was ich hatte. Ihr elendigen Mistkerle.

Die beiden sehen sich noch einmal in die Augen. Michael hofft so sehr, dass sie seine aufrichtige Reue erkennen kann, dann sprintet er wieder los – wenn er auch nicht weiß, wohin oder was er sucht.

Er rennt auf den Marienplatz. Auch hier finden sich noch einige Passanten. Für diese Zeit und diesen Ort seltsamerweise außerordentlich wenige. Und, erst jetzt bemerkt er es. Normalerweise herrscht hier doch immer größere Polizeipräsenz. Heute jedoch. Nichts. Kein Polizeiwagen, keine Streife, niemand. Er weiß also immerhin schon mal, worauf er NICHT zu hoffen braucht. Sein Blick schweift umher. Lösung, Lösung … Er braucht eine Lösung … Er muss die fünf loswerden … Zumindest kurzzeitig … Er braucht Zeit.

DA! Noch nie im Leben war Michael so froh, einen im Halteverbot abgestellten Paketzustellerauto mit laufendem Motor zu sehen. Ein paar große Sprünge, er reißt die Seitentür auf und springt auf den Fahrersitz. Die Kabine ist völlig zugestellt mit Paketen – genau darauf hat er gehofft. Er rast zum Buchladen, aus dem jetzt schon wesentlich mehr Rauch kommt. Gerade in dem Moment kommen fünf Gestalten aus dem Laden. Einer im Anzug, vier maskiert. Georg lacht ziemlich verrückt, es ist ein Bild wie aus dem letzten Jahrhundert. Nur dass sie tatsächlich schwere Kartons tragen. Das »Lagerfeuer« am Königsplatz scheint wohl ihr Ernst gewesen zu sein. Bevor sie sich in die andere Richtung aufmachen können, hupt Michael wild. Sie bleiben stehen, erkennen ihn natürlich in dem Auto nicht. Weshalb er es schnell abstellt und aus der Tür springt.

Im selben Augenblick kommt ihnen von der anderen Seite eine Gruppe Menschen entgegen. Zum Großteil ebenfalls schwarz gekleidet und maskiert. Und ein paar Fahnen dabei.

GEORG   Verdammt, die Antifa!

Michael hätte ihn gerne korrigiert. Es gibt nicht »Die Antifa«. Aber das war wohl wirklich der falsche Zeitpunkt für sowas, gerade auch, weil ihn eben dieser Georg noch vor einer halben Stunde bewusstlos geschlagen hat. Michael kam diese Menschenansammlung gerade recht.

MICHAEL   Jungs, steigt ein! Kommt schon, hinten rein!

Georg beäugt ihn skeptisch, er traut ihm nicht, seine Möglichkeiten sind jedoch gerade äußerst begrenzt. Die anderen vier sind schon auf dem Weg zum Auto – sie scheinen von der ganzen Misstrauenssache nichts mitbekommen zu haben – oder wissen ebenfalls, dass ihre Chancen in die andere Richtung zu verschwinden äußerst schlecht sind. Der schwarze Mob kommt näher, das sind mindestens 50 Personen. Zögerlich macht sich nun auch Georg in Richtung des weißen Sprinters auf. Michael hat die Tür bereits aufgeschoben.

MICHAEL   Kommt schon, hier rein, ich konnte das Auto
           nur klauen – vorne ist vollgestellt. Ich bring
           euch hier raus.

Sie springen auf die Ladefläche – ebenfalls halb gefüllt mit Paketen, alles wild durcheinander. Sie stellen ihre Kartons dazu. Sie sehen die Leute näher kommen.

SEBASTIAN Mach zu! Mach zu und fahr, komm schon!

Ein bisschen Genugtuung spürt Michael schon, als er die Angst in seiner Stimme hört – bemerkt jedoch schnell, dass auch er gerade noch zu der Gruppe gehört, die die Prügel – und Schlimmeres! – beziehen wird. Er schiebt die Seitentür hinter ihnen zu und sprintet nach vorne, springt auf den Fahrersitz und sieht im Rückspiegel, wie der Paketzusteller, dem er gerade das Auto geklaut hat, angelaufen kommt.

MICHAEL Nichts wie weg hier.

Zügig wendet er den Wagen und rast in Richtung Marienplatz, der Paketzusteller springt schimpfend, wild gestikulierend und fluchend zur Seite. Nachdem er den Marienplatz passiert hat, stellt Michael auf einen ruhigeren Fahrstil um. Man möchte ja nicht direkt auffallen. Auch wenn augenscheinlich die Polizei heute Nacht nirgends eingreifen wird – gerade hat Michael überhaupt keine Ahnung mehr, wer Freund oder Feind ist. Viel wichtiger ist, dass er die fünf, die als Nächstes Thomas bedroht hätten, gerade an einem Ort hat, von dem aus sie nichts ausrichten können. Aber er kann nicht ewig mit ihnen spazieren fahren. Er muss sie irgendwo abstellen. Und dann muss er sich verstecken. Sehr, sehr gut verstecken.

SZENE 8

STEFAN   Na, komm schon, Franz. Lies es uns vor.

Franz ist – deutlich gespielt – empört.

FRANZ   Was denn? Was meinst du?

STEFAN   Na, du druckst die ganze Zeit so rum. Schaust
in die Runde, blätterst nicht mehr. Du hast eine
Stelle, die du uns vorlesen willst. Sag das doch,
wir sind doch seit geraumer Zeit erwachsene
Menschen.

CHRISTIAN Du vielleicht.

THOMAS   Stefan hat recht. Rück es raus. Komm schon.

Die anderen drei klappen ihre Bücher zu und legen sie zur
Seite. Sie nehmen ihre Weingläser in die Hand, werfen noch
einen Blick auf Franz und lehnen sich dann zurück, schauen
ins Leere. Die perfekte Haltung, um gut zuhören zu können.
Franz wirkt zufrieden und nimmt auch nochmal einen
Schluck, bevor er beginnt.

FRANZ   Also. Wir befinden uns in der Zelle von
Hermann Göring. Ihr wisst, wer Hermann
Göring war? Ihr wisst es. Gustave Gilbert, der
Gerichtspsychologe und Autor des Buches,
seines Zeichens Amerikaner, spricht mit Göring
in   dessen   Zelle,   am   Abend   eines
Verhandlungstages.

Franz genießt seine Rolle sichtlich, er macht eine kleine
Kunstpause, in der er nochmals einen Schluck aus seinem Glas

nimmt und kurz in die Runde schaut. Als würde er kontrollieren, ob auch wirklich alle aufmerksam zuhören. Nun zitiert er direkt aus dem Buch.

FRANZ   ›Göring fühlte sich heute Abend nicht wohl in seiner Haut, er war alles andre als aggressiv und aufgeblasen und nicht sehr glücklich über die Entwicklung des Prozesses. Er sagte, er könne das Vorgehen oder die Verteidigung der anderen nicht beeinflussen, und er selbst sei nie Antisemit gewesen, habe an diese Grausamkeiten nicht geglaubt, und verschiedene Juden hätten angeboten, für ihn auszusagen. Wenn Frank 1943 von den Gräueln gewusst habe, dann hätte er zu ihm kommen sollen, und er hätte dann versucht, etwas dagegen zu tun. Er hätte vielleicht nicht genug Macht gehabt, 1943 etwas zu ändern, aber wenn jemand 1941 oder 1942 zu ihm gekommen wäre, dann hätte er eine Auseinandersetzung erzwingen können. (Ich hatte noch immer kein Verlangen, hier einzuhaken und ihm zu sagen, was Ohlendorf darüber geäußert hatte: dass man Göring wegen seiner Rauschgiftsucht und seiner Korruption hinsichtlich eines wirklich »mäßigenden« Einflusses abgeschrieben hätte.) Ich wies darauf hin, dass er sich mit seinen »temperamentbedingten Äußerungen« – zum Beispiel, lieber 200 Juden getötet als so viel Hab und Gut zerstört – kaum als Verfechter des Rechts der Minderheiten erwiesen hätte. Göring fand, dass diesen temperamentbedingten Äußerungen zu viel Gewicht beigemessen werde. Überdies erklärte er, dass er Hitler weder verteidige noch glorifiziere.

Wir kamen dann wieder auf das Kriegsthema, und ich sagte, dass ich glaubte, im Gegensatz zu seiner Einstellung sei das einfache Volk nicht sehr dankbar für Führer, die ihm Krieg und Zerstörung bescheren.‹

Franz macht hier nochmal eine Pause. Er nimmt noch einen Schluck und holt Luft. Es scheint, als würde ihm der nächste Absatz nahezu körperliche Schmerzen bereiten. Thomas will ihn schon fast zum Weiterlesen auffordern, als er von selbst wieder beginnt.

FRANZ   ›Nun, natürlich, das Volk will keinen Krieg‹, sagte Göring achselzuckend. ›Warum sollte irgendein armer Landarbeiter im Krieg sein Leben aufs Spiel setzen wollen, wenn das Beste ist, was er dabei herausholen kann, dass er mit heilen Knochen zurückkommt. Natürlich, das einfache Volk will keinen Krieg; weder in Russland, noch in England, noch in Amerika, und ebenso wenig in Deutschland. Das ist klar. Aber schließlich sind es die Führer eines Landes, die die Politik bestimmen, und es ist immer leicht, das Volk zum Mitmachen zu bringen, ob es sich nun um eine Demokratie, eine faschistische Diktatur, um ein Parlament oder eine kommunistische Diktatur handelt.‹

›Nur mit einem Unterschied‹, entgegnete ich. ›In einer Demokratie hat das Volk durch seine gewählten Volksvertreter ein Wort mitzureden, und in den Vereinigten Staaten kann nur der Kongress einen Krieg erklären.‹

›Oh, das ist alles gut und schön, aber das Volk kann mit oder ohne Stimmrecht immer dazu gebracht werden, den Befehlen der Führer zu folgen. Das ist ganz einfach.‹

Franz hält noch einmal inne, er schluckt hörbar laut und fährt dann fort, indem er den letzten Satz sogar nochmal wiederholt.

FRANZ   ›Das ist ganz einfach. Man braucht nichts zu tun, als dem Volk zu sagen, es würde angegriffen, und den Pazifisten ihren Mangel an Patriotismus vorzuwerfen und zu behaupten, sie brächten das Land in Gefahr. Diese Methode funktioniert in jedem Land.‹

S Z E N E 9

Michael fährt weiter durch die Straßen Münchens. Leider werden die fünf auf der Ladefläche langsam unruhig, es klopft gegen die dünne, metallene Trennwand zur Fahrerkabine. Insbesondere Georg scheint misstrauisch zu werden.

GEORG   Michael! Bleib stehen und lass uns raus! Sofort!
             Wir sind weit genug weg!

Michael schaut sich fieberhaft um.

MICHAEL   Moment noch, wir sind gleich da!

Und dann sieht er seine Rettung. Ein ideales Hauseck. Wenn er den Sprinter dort rückwärts und seitlich ganz an die Wände stellt, kommen die fünf nicht mal über eine aufgebrochene Tür raus. Zusätzlich wird er natürlich absperren. Und dann wird er rennen, so schnell er kann.

MICHAEL   Haltet euch still! Hier ist nochmal so ein
             schwarzer Block unterwegs! Ruhe! Ich parke ein
             und lass euch in einer Seitengasse raus!

Das spricht er nach hinten, in der Hoffnung, dass man das Zittern der Stimme nicht mit durchhören kann. Aber er scheint Glück zu haben. Die Angst der fünfen, in die Hände der politischen Gegner zu geraten, scheint groß, sie halten sich ruhig. Michael fährt den Wagen ganz nah an die Wände. Ganz, ganz nah, keine zwanzig Zentimeter sind mehr frei. Hinten – plopp – trifft er kurz die Wand. Egal. Er stellt den Motor ab, zieht die Handbremse und springt so schnell er kann hinaus. Zusperren über die Zentralverriegelung, Schlüssel in die Hosentasche – dann fängt er an zu rennen. Sein Ziel ist immer noch die Buchhandlung von Thomas, aber dieses Mal aus anderen Gründen. Hinter ihm klopft es von innen gegen den Transporter.

S Z E N E 1 0

Betroffenheit erfüllt jede Ecke des Raumes.

THOMAS   Furchtbar.

CHRISTIAN Schrecklich.

STEFAN   Aber leider die Wahrheit

Völlig unvermittelt beginnt nun Thomas in die bedrückte Stimmung, in die Stille, hinein zu lesen.

THOMAS   ›Auschwitz-Birkenau. An den vorderen Waggons schieben sie die Türen auf. Durch die Waggonwand gedämpft – Schreie, Weinen, Gebrüll. Ich höre Stimmen, die ich nie mehr vergessen werde. Unsere Tür wird aufgerissen. Plötzlich ist alles ganz laut. ›Raus, raus!‹, schreien die SS-Männer. ›Schneller!‹ Sie ziehen uns aus den Waggons. Häftlinge in gestreiften Kleidern und mit rasierten Köpfen helfen der SS, uns nach draußen zu treiben. Ihre Gesichter sind grau und leer. Was haben sie hier schon alles gesehen und erlebt, dass sie so mechanisch, ja fast teilnahmslos mit uns umgehen? Es ist, als würden sie durch uns hindurchsehen. Sie nehmen uns nicht wahr. Mit der letzten Kraft springe ich aus dem Waggon. Zurück bleiben die Toten. Wie Vieh, das auf dem Transport zum Schlachthof verendet ist, liegen die Körper auf dem Boden des Güterwaggons. Gebrüll und hektische Stimmen. ›Hier stehenbleiben!‹ Wir stehen an der Rampe von Auschwitz-Birkenau. Wir stehen da. Verlassen.‹

Auch Thomas muss zwischendrin pausieren, auch ihm bereiten die Texte Qualen.

THOMAS ›Ein SS-Arzt geht musternd an uns vorbei. Dann dreht er sich um und stellt sich vor uns hin. Jetzt müssen wir langsam an ihm vorbeigehen. Bei jedem Einzelnen zeigt er mit dem Finger nach rechts oder nach links. Das ist die erste Selektion. Ältere Menschen, zierlich und schwach Aussehende, Mütter mit Kindern schickt er auf die linke Seite. Junge, noch kräftig aussehende Menschen auf die rechte Seite, nach Frauen und Männern getrennt. Die kahlköpfigen Häftlinge tragen die toten Leiber aus den Waggons und legen sie neben die linke Menschenreihe auf den Boden. Plötzlich ist es mir klar: Links bedeutet Tod, rechts Leben. Rechts Arbeitslager, links Gas.
Rechts, links, links, links, rechts, zeigt der SS-Mann. So einfach ist das für die Herrenmenschen. Der Mann, der damals in Dombrowa auftauchte und von den Vergasungen in Treblinka erzählte, hatte recht. Sie tun es. Sie tun es wirklich. Sie vergasen Menschen. Jetzt nehme ich zum ersten Mal den süßlichen Gestank wahr, der in der Luft hängt. In meinem Kopf fügt es sich zusammen. Erst vergasen sie die Menschen, dann verbrennen sie die Leichen. Und das alles im Namen eines höheren deutschen Ziels! An der Rampe stehen Militärfahrzeuge, mit dem Roten Kreuz an den Seitenflächen. Männer und Frauen der linken

Reihe, die zu schwach sind, um selbst zu gehen, werden von den Mördern im Krankenwagen zur Gaskammer gefahren. Die Nazis zwingen Mütter, die für die rechte Seite ausgewählt wurden, ihre Kleinkinder loszulassen. Die Frauen weinen, schreien und flehen. SS-Männer reißen die Kinder aus ihren Händen. Ich kann mit Worten nicht beschreiben, was in mir vorgeht, als ich das sehe. Die Nazis sind keine Menschen mehr. Sie reißen den Müttern ihr Herz aus dem Leib. Sie zeigen keine Regung, wenn sie in die angstvollen, bittenden Kinderaugen sehen. Sie hören die Schreie und zerren weiter an den Kindern. Die Tränen schnüren mir den Hals zu. Es ist, als fühlte ich die Welt untergehen, als stürbe jeder Glaube und jede Hoffnung in diesem Moment. Doch nicht die Kinder, nicht die kleinen Kinder! Kein Flehen, kein Bitten, kein Widerstand helfen. Der SS-Mann ist nur noch ein paar Körper von mir entfernt. Rechts, rechts, links, links, links. Ich nehme nur noch seine Hand wahr, wie sie von links nach rechts und wieder nach links zeigt. Er steht vor mir. Ich kann nicht mehr atmen! Rechts.‹

Nun gibt es endgültig keine Geräusche mehr im Raum. Sogar die Uhren scheinen aufgehört haben zu ticken.

S Z E N E   11

Michael rennt und rennt, er schafft es nur ganz nebenbei, sich zu orientieren. Viel zu sehr kreisen die Gedanken über das, was heute geschehen ist – oder geschehen sollte. Langsam fängt es an zu regnen und er hofft, dass Will sich von den weiteren Vorhaben abbringen lässt, wenn er merkt, dass die Trupps nicht wie geplant zurückkehren. Vielleicht hat sich auch in Richtung Königsplatz schon ein schwarzer Block aufgemacht.

Panisch schaut er sich immer wieder um, er bildet sich ein, die Stimme von Georg zu hören. Was wird er mit ihm machen, wenn er ihn in die Finger kriegt?

Warum hat er sich so lange blenden lassen, von diesen Menschen, von dieser ganzen Parteigeschichte? Jetzt liegt alles ganz klar vor ihm. Die falsche Ideologie, die sinnlose Gewaltbereitschaft, die kurzfristigen und vor allem langfristigen grausamen Ziele. Nur Thomas, der hatte es mal wieder vor ihm gewusst. Hätte er doch bloß auf ihn gehört. Wird er ihm überhaupt noch die Türe öffnen, geschweige denn mit ihm sprechen? Michael weiß es nicht, er weiß nur, dass er dort hinmuss. Selbst, wenn die Aktion für heute beendet ist, muss er Thomas warnen … Nein, das stimmt nicht. Er kann ihn nicht warnen. Er kann ihm nur etwas bestätigen, das dieser schon viel früher hat kommen sehen.

SZENE 12

STEFAN ›… Wer es nicht fertigbringt, Organisator, Kombinator, Prominenter zu werden (welch grauenvolle Beredsamkeit der Ausdrücke!), der endet bald als Muselmann. Einen dritten Weg gibt es im Leben, und da ist er sogar die Regel; aber im Konzentrationslager gibt es ihn nicht. Unterliegen ist am leichtesten: dazu braucht man nur alles auszuführen, was befohlen wird, nichts zu essen als die Ration und die Arbeits- und Lagerdisziplin zu befolgen. Die Erfahrung hat gezeigt, dass man solcherart nur in Ausnahmefällen länger als drei Monate durchalten kann. Alle Muselmänner, die im Gas enden, haben die gleiche Geschichte, besser gesagt, sie haben gar keine Geschichte; sie sind dem Gefälle gefolgt bis in die Tiefe, ganz natürlich, wie die Bäche, die schließlich im Meer enden. Im Lager kamen sie auf Grund der ihnen eigenen Untüchtigkeit oder durch Unglück oder durch irgendeinen banalen Umstand zu Fall, noch bevor sie sich hätten anpassen können; sie können mit der Zeit nicht Schritt halten und fangen erst dann an, Deutsch zu lernen und sich ein wenig in dem infernalischen Durcheinander von Geboten und Verboten zurechtzufinden, wenn ihr Körper schon in Auflösung begriffen ist und sie nichts mehr vor der Selektion oder dem Erschöpfungstod bewahren könnte. Ihr Leben ist kurz, doch ihre Zahl ist unendlich. Sie, die Muselmänner, die Untergegangenen, sind der Kern des Lagers: sie, die anonyme, die stets erneuerte und immer identische Masse schweigend marschierender und sich abschuftender Nichtmenschen, in denen der göttliche Funke erloschen ist und die schon zu ausgehöhlt sind, um wirklich zu leiden. Man zögert, sie als Lebende zu bezeichnen; man zögert, ihren Tod, vor dem sie keine Angst haben, als Tod zu bezeichnen, weil sie zu müde sind, ihn zu begreifen. Sie bevölkern meine Erinnerung mit ihrer Gegenwart ohne Antlitz; und könnte ich in einem einzigen Bild das ganze Leid unserer Zeit einschließen, würde ich dieses nehmen, das mir vertraut ist: ein verhärmter Mann mit gebeugter Stirn und gekrümmten Schultern, von dessen Gesicht und Augen man nicht die Spur eines Gedankens zu lesen vermag. ...‹

Keiner spricht mehr, niemand rührt sich. Es scheint, als wären alle zu Stein geworden. Bis es plötzlich laut an der Ladentür vorne klopft. Die vier blicken sich an, Thomas wird kreidebleich und auch der Rest hat große Angst.

THOMAS   Sind sie das? Geht's jetzt los?

FRANZ   Wir wissen genauso wenig wie du. Aber wer wäre das sonst um diese Zeit?

Es klopft weiter, diesmal schon mit mehr Vehemenz.

THOMAS   Soll ich ...?

STEFAN   Nein!

CHRISTIAN Ja! Bevor die die Scheibe einschlagen!

FRANZ   Wenn sie das wirklich sind, ist die kaputte Scheibe unser kleinstes Problem.

THOMAS   Keine Zeit für Witze, Franz! Hat jemand eine ... ähm ... Waffe? Oder irgendetwas zur Verteidigung?

CHRISTIAN   Ich bin zeitlebens überzeugter Pazifist!

FRANZ   Ach ja? Auch im Angesicht des Todes?

Franz zieht eine Augenbraue hoch und schaut Christian provokant an.

STEFAN   Glaubt ihr wirklich, JETZT ist ein guter Zeitpunkt, um über irgendwelche Prinzipien zu diskutieren?

FRANZ   Na, in der Stunde hat wahrscheinlich keiner mehr Zähne, da ist eine Zeitlang nichts mehr mit Diskussionen!

THOMAS   Halt die Klappe! Ich geh jetzt zur Tür.

Nur halbherzig versucht Stefan, ihn aufzuhalten. Im Endeffekt hat er nämlich auch keine bessere Lösung parat. Reinlassen oder sich die Türe kaputt machen lassen. Was soll's? Niemand von ihnen kann sich so gut verstecken, dass er unentdeckt bleiben würde, einen zweiten Ausgang gibt es hier nicht.

Die drei schauen Thomas hinterher, wie er den Raum durch den schweren Vorhang verlässt, dann hören sie seine zaghaften Schritte in Richtung Eingangstüre. Auch Franz steht auf, er geht jedoch nur bis zum Vorhang, schiebt ihn ein kleines Stück zur Seite und lugt durch den Spalt nach vorne.

Thomas versucht, durch das Schaufenster nach draußen hin etwas zu erkennen – etwa, auf wie viele Personen er sich einstellen muss. Aber es hat angefangen zu regnen, er sieht nichts, hört nur das immer aggressiver werdende Klopfen an der Türe.

THOMAS   Na immerhin keine Hundertschaft, die würd ich dann doch sehen.

Denkt er mehr für sich und nimmt für die letzten drei Schritte all seinen Mut zusammen. Dann öffnet er die Tür – und stockt. Draußen steht nur einer. Und der ist komplett durchnässt.

THOMAS   Michael!

MICHAEL   Thomas … Thomas, du … es tut mir … Die wollen …

Franz dreht sich zu den anderen beiden um.

FRANZ   Es ist Michael! … Und er ist scheinbar alleine.

Die beiden atmen erleichtert auf, auch wenn sie von Michaels innerer Wandlung ja noch nichts mitbekommen haben. Der Junge wird ihnen schon nichts antun. Immerhin hat er sie vorgestern noch gewarnt.

FRANZ   Jetzt lass den Jungen doch rein, es regnet in
            Strömen!

Michael und Thomas sehen sich an, der Buchhändler war
so perplex, dass er völlig vergessen hat, dass der Junge ja im
Regen steht.

THOMAS   Junge, komm rein ... komm rein. Was machst du
            hier?

MICHAEL   Oh Thomas, du hattest recht. Du hattest einfach
            nur recht.

Thomas nimmt den Jungen in den Arm, der immer noch ein
wenig wankt – er scheint heute viel mitgemacht zu haben –
und streicht ihm sanft über den Rücken. Dann schmunzelt er.

THOMAS   Natürlich hatte ich recht. Ich hab doch immer
            recht. Komm, wir wärmen dich ein bisschen auf,
            ich hab Besuch.

Die beiden gehen in Richtung des Vorhangs, hinter dem
immer noch Franz hervorlugt. In seiner ganz eigenen Art
begrüßt er Michael, freut sich jedoch von ganzem Herzen, ihn
zu sehen.

FRANZ   Hast aber lange gebraucht für deine Einsicht!
            Schön, dass du da bist.

Auch von Christian und Stefan wird Michael nun herzlich
begrüßt, trotz seiner nassen Klamotten lässt es sich niemand
nehmen, ihn zumindest einmal kurz in den Arm zu schließen.
Thomas richtet in der Zeit ein paar Decken, damit auch

Michael es sich zwischen ihnen auf der Couch bequem machen kann. Und als er endlich sitzt, bricht die ganze Geschichte aus ihm heraus. Alles, was er heute gesehen und erlebt hat. All die verängstigten Menschen, die Tatenlosigkeit. Das Feuer, die Aggression und die arme Buchhändlerin, die nun nichts mehr hat, außer jeder Menge Angst. Dass der Laden von Thomas als Nächstes dran gewesen wäre, aber heute wohl keine Aktion mehr stattfindet, da sich überall schwarze Blöcke formiert haben und außerdem die fünf Hauptakteure in einem Paketzustellfahrzeug feststecken. Die Stimmung löst sich ein bisschen, da alle sicher sind, dass heute nichts mehr zu befürchten ist. Gleichzeitig spürt man aber die Angst vor der Zukunft.

THOMAS   Das war's noch nicht, oder? Das war nur eine
          von vielen kommenden Aktionen?

Thomas blickt direkt zu Franz, weil er von ihm immer eine ehrliche Antwort bekommt. Michael kann währenddessen nur betreten zu Boden schauen. Er fühlt sich wahnsinnig schuldig, weil er so lange die falsche Seite unterstützt hat.

FRANZ   Nein, ich denke, das war's noch nicht. Da
          kommt noch einiges auf uns zu.

Es herrscht eine nachdenkliche Stille, in die Michael unvermittelt hineinfragt.

MICHAEL   Aber ... was können wir tun? Was kann ich tun,
          wo ich so lange auf deren Seite stand? Ich muss
          verhindern,   dass   diese   Menschen   so
          weitermachen können!

Wieder wird es still. Darauf hat niemand eine Antwort. Genau genommen ist das doch die Frage, auf die so viele Generationen schon lange keine Antwort mehr hatten und haben, oder?

Dann nimmt Christian sein Buch zur Hand und er beginnt, laut vorzulesen.

CHRISTIAN ›An junge Menschen. Überleben ist ein Privileg, das verpflichtet. Ich habe mich immer wieder gefragt, was ich für die tun kann, die nicht überlebt haben. Die Antwort, die ich für mich gefunden habe (und die keineswegs die Antwort jedes Überlebenden sein muss), lautet: Ich will ihr Sprachrohr sein, ich will die Erinnerung an sie wachhalten, damit die Toten in dieser Erinnerung weiterleben können.

Aber wir, die Überlebenden, sind nicht nur den Toten verpflichtet, sondern auch den kommenden Generationen: Wir müssen unsere Erfahrungen an sie weitergeben, damit sie darauf lernen können. Information ist Abwehr. Es genügt nicht, dass alles schon in Büchern festgehalten wurde, denn ein Buch kann man im Gegensatz zu einem Menschen nicht befragen. Ein Zeuge muss ein ›lebendiger‹ Zeuge sein. Deshalb habe ich bei Versammlungen Überlebender, auf denen ich gesprochen habe, immer wieder gemahnt: »›Ihr habt Kinder, ihr habt Enkelkinder, eure Nachbarn haben Kinder – ihr müsst zu ihnen sprechen. Ihr müsst ihnen alles erzählen, was ihr erlebt habt, und ihre Fragen provozieren, damit auch sie weitererzählen können. Nur in der mündlichen Erzählung bleibt die Erinnerung lebendig.‹